대한문인협회 강원지회 동인문집

내 마음의 풍경

시음사
시사랑음악사랑

* 목차 *

* 목차 *

시인 **곽구비**

♣ 목차

· 전남 영암 출생
· 스토리문학 신인상 수상
· 스토리문학 이사
· 대한문인협회 정회원

· 스토리문학 동인지 참여작
  '꿈을 낭송하다' / '꿈꾸는 도요'
  '새벽빛 와 닿으면 으스러지다'
  '이슬 더불어 손에 손 잡고'
  '노루목에 부는 바람' / '무너진 흙 담 너머'
  '별 세다 잠든 아이' / '물의 발자국'
  '서랍속의 바다' 등 이외 다수

<시집>
· 1집 '푸른 들판은 아버지다'
· 2집 '사막을 연주하다'

봄의 단상 / 곽구비

구봉산 모퉁이 돌던 해넘이를
킴보*에서 바라보았다

중도를 품었다 토해낸 물줄기가
동강으로
흐르는 길로도 봄은 차오른다

바람이 타고 노는
풀피리 소리에 맞춰 강물 위의
오리떼 낮잠을 즐긴다

물의 파동이 심장에 꽂혀
번쩍 떠오르는 봄에 진동
일제히 솟아오른 새싹들이다

* 커피숍 이름

7

실크로드를 가슴에 안고 / 곽구비

길 없는듯함이 헉하고 숨을 조인다
촉촉함을 갈망하는 눈빛의 욕심은
마음을 내려놓지 못한 탓일까

의심의 껍질 솎아낸 모래알들이
자유의 깃발처럼 일렁거리며 반기자
가슴속에서 또 다른 꽃이 움튼다

몰아치는 바람을 시작이라는 희망으로
숨겨진 긴장의 끈에 덧대어 잇고 나자
꺼억 괜한 울음이 터트리고 나온 것이다

밤 하늘에서 보내온 메아리가
월야천*에 풍덩 빠지더니 그 속에 놀던 달님이 깜짝 놀라
어둠이 만들어졌다

마음에 켜켜이 몇 날이나 쌓이던
흙먼지를 꼬옥 껴안아 적응할 쯤

한번의 기회로는 도저히 다 못 볼 것 같아
실크로드에서 빠져나와 현실의 시간으로
주파수를 조심스레 바꾼다

---

* 월야천(명사천 사막의 오아시스)

사랑 / 곽구비

바람이 허공을 건드릴 때마다 나뭇가지
사이로 그리움이 펄럭인다

하나씩 몸 안에 얼룩을 지우며 가슴을 넓히고
새로운 것을 받아 채우고자 투명한 마음이 된다

처음 사랑한 무성한 폐허에서 수 만 가지
생성된 언어를 만들어내는 심장으로 하나의
세계를 이루고 싶던 날 있었던가

가을 같은 수채화를 밑그림으로 그려놓고
영원히 끝나지 않을 사랑을 완성하고 싶어 한다
모든 것은 상상이나 허구나 기쁨이면 그만이다

박제하고픈 인연 / 곽구비

책 속에 감춰두고
숨 못 쉬게 억압당한 잎새를 본다
붉은 사연인 양 어긋난 인연도 접어서
박제로 말려두고 싶을 때 있다

긴 세월 잠그고 오래 두면
가벼워지는 사이가 되겠지
잊히며 감사할 관계 굳이 보면서
지쳐가는 만남은 가둬두고 싶다

붉은빛이 삐죽거리며 가을 햇빛에
우연히 노출되었을 땐 꺼낸다
내가 용서했거나 이해되었거나
아니면 털어 없애버릴 이야기들이니까

황금 들판에 서면 / 곽구비

고개 숙인 풍요 앞에서 아버지의
얘기가 사그락사그락 한다
장마철 젖은 삶이 이랑 사이로
갈급하던 여름을 잘 견뎌 오셨다
기계가 자식보다 효자구나
벼는 알아서 베어지고 남은 시각은
막걸리에 담가 비우시니 좋다 하신다

들판에 서면 푸념처럼 아버지의
서걱거리는 속 얘기는 허수아비가
들어 주고 자식은 하얀 거짓말만 보탠다
아버지 가려고 했는데 시간이 안 났어요

일요일 / 곽구비

사람들이 쉬는 대신 교회는 문을 열었고
교회 안에서 착해져라 기도로 자신을
확인하고 있을 동안 나는 시를 쓸 것이다

애초에도 빵을 나눠 준다는 교회가 너무 멀어
가 볼 수가 없었다
내가 시답잖은 낱말 하나 허공에 뿌릴 시간
사람들이 대체로 교회에 있다는 건 참으로
믿을만한 일이라고 생각했다

한 주간 주름처럼 개어둔 잘못을 회개하고
월요일의 회사가 아주 착해지면 좋은 일이다
사람들이 왜 저 모양이지 생각되면 나는 빨리
일요일이 되기만을 기다려진 적 많다

스타벅스에서 꿈꾸다 / 곽구비

필리핀 타가이타이가 머그잔에
찰랑거리도록 카페모카를 주문한다
마시면 언덕 위에 이국의 태양
휘핑크림 가득 묻히고 떠 오른다

춘천 퇴계동까지 입성한 스타벅스
머그잔에 점심나절 문화를 마시면
한가한 내 시간을 알아주느라
섬이 된 크림 조각이 재미를 보탠다

어제 다툰 누구의 마음을 헤아리다
후루룩 아열대 지방까지 다녀오고

잔 속에 남은 오후를 테이크아웃하여
말갛게 씻긴 여행을 마치면
수고한 오늘이 쌔근쌔근 잠을 잔다

시인 **구분옥**

· 경북 영천 출생
· 강원도 횡성 거주
· 대한문학세계 시 부문 등단(2015)
· (현)대한문인협회 강원지회 홍보국장
· (현)대한문인협회 운영위원장

<수상>
· 올해의 시인상(2015)
· 대한문인협회(금주의 시 선정) 2016
· 대한문인협회(좋은시 선정) 2017
· 한국문화 예술인 (금상) 2017
· 특별 초대 시 자연에 걸리다 (2017~ 2018)
· 명인명시 특선시인선 선정(2017)

· 전국 백 대 명산 완주 패(2017)
· 농림축산 식품 장관상 표창(2013)
· 농촌 진흥청 상 표창(2013)
· 한국 농어촌 공사 표창(2012)
· 강원도지사 표창(2016 ~2005)
· 횡성군수 표창 및 패(2005~2017) 6번 수상

말 한마디 / 구분옥

난 오늘도
이 순간도
기다리고 있어요

옥아
기다려 줄래

당신 그 한마디가
얼마나 고맙고
가슴 꽝꽝 뛰는지

기다림이란
설렘이고
그리움인가 봅니다

이렇게 가슴이
뛰는 걸 보니

자연의 신비 / 구분옥

들판을 보라
움트는 새싹들은
산고의 진통을 겪고도
아무 일 없었다는 듯이
뿌리를 내리고
잎을 피우기 위한 몸부림

산을 보라
겨우내 잠자던 나뭇가지마다
땅의 기운을 끌어당겨
무성한 숲을 만들기 위해
바람에 흔들리며
아우성치는 소리

강을 보라
막히면 막히는 대로
넘치면 넘치는 대로
역류하지 않으며
유유히

유유히 흐르는 강물

아!
어찌 이 모든 것이
감동이 아니겠는가!
보는 것 듣는 것만으로도
경이롭다

사랑꽃 / 구분옥

당신이 파종한
사랑의 씨앗

관심으로
살뜰히 가꾸니

날마다 향기롭고
아름다운 꽃이 핀다

내 가슴에

내 안에 그대 / 구분옥

봄비 맞으며 홀로
강둑을 걸었습니다

땅바닥에 퉁겨지는
빗방울 수 만큼

내 가슴에는 촉촉한
꽃물이 물들었습니다

아무리 비바람이 불어도
씻기지 않고 마르지 않는 꽃

내 안에 있는 멋진 사람
그대는 영원한 내 사랑입니다

그대를 사랑합니다
그대를 노래합니다

내 삶이
다 하는 날까지

청초한 여자 / 구분옥

누군가 사랑해
라고 한마디 말만 해도
가슴 벅차고

커피 마실까
전화 한 통에도
마음 설렌다

길 숲 풀꽃을
바라보다 넋 나간 사람처럼
가던 걸음 멈추고

나비가 나풀나풀
유혹하면 남 의식도 없이
길 가다 막춤을 춘다

하늘가에 흘러가는
구름만 쳐다봐도
빙그레 웃음이 난다

소낙비 내리는 날엔
우산도 없이 무작정
비를 맞으며 걷고 싶고

흐르는 강물 소리에도
굿거리 장단치며
구성진 경기민요 소리하고

오늘 같이 눈 내리는 날이면
내 안에 그대에게
연서를 쓰고 싶다

수정고드름 / 구분옥

살며시 밀려오는
하얀 그리움

차디찬 처마 끝에
거꾸로 매달려

까만 밤에는
달빛에 꿈을 꾸고

파란 낮에는
물빛에 꿈을 풀다

말간 햇살 꽃 피면
영원히 사라질 형상

돌아누운 아기 낮달
마른 눈물 삼킨다

첫사랑 / 구분옥

촉촉한 그리움에
남몰래 눈시울 적시며
지난밤도 하얗게 지새웠습니다

문득 눈 감아도 보이는 그대 영상
필름처럼 돌아가는
까마득한 지난날 옛 추억

고귀하고 아름다웠던 핑크빛 순정
새끼손가락 걸며
약속했던 풋사랑

힘들고 외로울 때마다
문득 떠 오르는 걸 보니
아직도 그대는
잊지 못한 내 그림자인가 봅니다

시인 **권금주**

· 계간 <문예춘추> 등단
· 한국문예춘추문인협회 정회원
· 사) 창작문학예술인협의회 회원
· 대한문인협회 강원지회 정회원
· 한국스토리문인협회 회원, 문학공원 동인

· 고려대학교 평생교육원 시 창작 과정 수료
· 순우리말 글짓기 장려상 수상(2014년)
· 2017년 금주의 좋은 시 선정
· 2017년 12월 금주의 시 선정
· 시 자연에 걸리다 작품시화전 참여
· 제10회 한양예술대전 캘리그라피 시화 입선
· 사)나눔문화교육협회 시 낭송 수료 및
  시 낭송 지도사 2급 자격 획득

· 첫 시집 <소롯길에서 만난 사랑> 출간

꽃이 피면 그리움도 따라온다 / 권금주

유리창 꽃잎이 아로진다
꽃비 탓이겠다
휘날려도 내 사랑의 방향은
오직 그대뿐

봄 중간으로 걸으면
가슴 파고드는 풍경 속엔
언제나 그대가 있다

먼 곳에서 불어오는 바람에
그대 체취가 실려 오는 듯
가깝지 않아도 바라볼 수 있어 좋다

새순 돋아 이파리 커지고
꽃망울 맺혀 꽃잎 피면
그대 그리움도 함께 오겠지

꽃그늘 아래서
나란히 바라보았던 수채화는
세상에서 가장 아름다운
그대와 나의 봄 이야기

보드란 아가 손 같은 햇살
조금씩 부풀려지는 꽃의 향연
잊을 수 없는 향기

풀꽃 사랑 / 권금주

그대 다녀가는 산길마다
싱그러운 풀꽃으로 피어
그대 마중하고 싶다

얼굴에 맺힌 땀방울
바람이 닦아주어도
질투하지 않고

뒷모습 보여도
서운해하지 않는
기다림조차 행복한 풀꽃

산길에 어둠 깊어지면
시들지 않게 이슬 적셔놓고
다시, 걸음 하는 그대 앞에서
기다렸노라 방긋 웃는 풀꽃

오아시스 같은 사랑 / 권금주

잊지 못할 한 사람
안개처럼 덮인 그리움 있다면
바로 그대겠지요

가끔 만나는 추억이라도
그대의 존재가 있어
웃을 힘이 되니까요

머뭇거림 없이 바라볼 수 있는
사랑이 있다는 게
얼마나 큰 기쁨인지요

문득, 고독이 스멀거릴 때
그립다 보내온 한마디에
향한 마음 더 깊어집니다

그대를 그리며 하루를 보냈고
그 느낌 안고 또 하루를 맞는다고
마음의 여백에 그대를 채웁니다

꿈꾸는 어느 봄날 / 권금주

목련꽃 몽우리 봄빛 머금으면
싱그러운 봄 결 따라
연둣빛 덧칠할
그리움 만나러 가야지

프리지어 봄 향기 너울거리면
숨겨둔 사랑 하나
미루어두었던 소망 하나
노란 꽃잎 위에 얹어놓아야지

어설픈 첫사랑 설렘도 느껴보고
감추어두었던 추억도 꺼내놓고
지금은 간곳없는 옛길 따라
나지막한 돌탑 하나 쌓고 와야지

내 그리움처럼 꽃바람 부는 날은
어둠을 깨우는 총총한 별 하나
가슴에 품고
마냥 새워도 두근거릴
어느 봄날의 봄밤

나의 뜨락에 그리움이 넘치면 / 권금주

아침 해가 창가에 걸치면
제각기 햇살을 기대는
풍경들은 나의 뜨락이 된다

학교 운동장 모퉁이
등나무 넝쿨 아래 벤치는
오늘도 살뜰한 쉼을 내어주고

북카페 빼곡하게 꽂힌
다양한 지식과 감성들은
마음 건조증을 정화 시켜준다

예민한 날에도
설렁한 날에도
목마름에 갈증 내지 않으며

카푸치노와 마주한
내 그리움을 자극한다
먼 풍경이라도 그대와 함께 호흡하는 날에

그대라는 신비 / 권금주

온종일 창밖을 내다보았습니다
오시는 건 아닌지 환상을 봅니다
즐겨 부르던 노래가 생각나
아득한 기억을 끄집어냅니다

솔밭 우거진 한적한 바닷가
곳곳에 남아있는 흔적 따라
함께했던 언약을 기억하면서
그때의 낭만을 다시 걷고 싶습니다

사색의 틈으로 숨어드는 바람에
마음조차 창백해지는 오늘
내 공간을 가득 채우는
섬세한 미소를 발견합니다

망부석이 되어버린 추억만 넘기다 보니
긴 세월만큼 흰머리만 늘었고
먹먹한 가슴 어찌할 수 없는 것은
희석되지 않는 사랑이 크기 때문입니다

오늘도 먼 훗날 그리워할 하루라는 걸
지칠 줄 모르고 자라는 사랑은
일생 피어있을 사랑은
한 사람 그대라는 신비입니다

제목 : 그대라는 신비
시낭송 : 박영애
스마트폰으로 QR 코드를 스캔하면
시낭송을 감상할 수 있습니다.

봄물(春水)같은 사랑 / 권금주

풀향기 불어오는 봄밤
저려오는 사람 하나 있어
창문 열고 어둠을 봅니다

무성한 이파리에 밤이 물들 때
별 무리 기대어 어둠 재우며
애살포오시 물들이고 싶었던 사랑

익숙한 목소리 그리워
먼 그대 창가를 그리다
쏟아지는 별 무리 가슴을 태웁니다

촉촉이 젖어오는 눈가
어둑 새벽이면 고이고 고여서
봄물처럼 그대 곁으로 흐르겠지요

제목 : 봄물(春水)같은 사랑
시낭송 : 박영애
스마트폰으로 QR 코드를 스캔하면
시낭송을 감상할 수 있습니다.

시인 **김동철**

♣ 목차

· 대한문학세계 신인상

· (현)대한문인협회 정회원

· 대한문인협회 금주의 시 선정

별똥 별 / 김동철

험하고 험한 세상
모질고 모진 세상
생명에 꼬리표도 달지 못한 뭇별

까아만 밤하늘을 수 놓으며
한없는 서러움에
지상으로 낙별하는 날

생명의 기운도 다하며
찬란했던 별의 자태도
별똥별로 사라지네.

눈물 없이 어떻게 살까
숨죽이며 살아온 밤하늘
별이름 하나 담아보려 살았는데...

어느 곳에 묻혀 버렸을까?

빗 장 / 김동철

캄캄한 밤
고독한 거리에서
덜컹대며 싸늘하게 부는 바람

속절없이 끓는 가슴
창가에 걸터앉은 고독은
눈물로 흠뻑 적시운다.

기억으로 더듬는
쓰디쓴 외로움의 형상은
다독이지 못한 쓸쓸한 불빛이 되어

가슴에 묻어야 했던
그리운 빗장의 문을
설레는 기억으로 하얗게 덧칠한다.

삭풍이 잠드는 밤하늘
불타는 심장
열지도 못한 채
칠흑 같은 어둠에 고개 숙인다.

제목 : 빗장
시낭송 : 박순애
스마트폰으로 QR 코드를 스캔하면
시낭송을 감상할 수 있습니다.

봄 비 / 김동철

봄비가 촉촉이 내리는 오후
거리에 차량이 뜸해졌고
오고 가는 사람의 행렬도 줄었다 .

겨울이란 무게가
휴식에 들어간 것처럼
봄비에 씻기어 내려가고 있다 .

길모퉁이 음지에는
먼지와 뒤엉켜 빛을 잃은
잿빛덩어리 눈이 녹아 내리고

생사의 절박함을 이겨낸
뭇새들의 소리 숲 어느 귀퉁이에서
기특하게 들려오니

살아서 흐릿한 기척을 내는
모든 존재의 생물과 식물이
대견하게 느껴지는 순간

봄비는 하염없이
보슬보슬 가슴을 적시우니

연서 / 김동철

바람에 흩날리는
쓸쓸한 낙엽을 보셨나요.

추락하는 낙엽은
어디로 가야만 하나요.

낙엽에 담은 연서
어디로 보내야 하나요.

새녘에 소스리 바람
사랑의 온기가 그립네요.

허허벌판 석양이 지면
아슴아슴 추억일랑 더듬어

생그레 미소 짓던
첫사랑 그린내 금세 흐노니

오상고절 옷깃을 여미며
일엽편주에 다솜 띄우리다

하얀 눈 / 김동철

발품 팔아 미소짓는 내 얼굴
소복 소복 걷는 걸음 상쾌해
새벽녘 울고 울었던 서리 꿈
새하얀 눈이 되어 색칠하니

앙상한 가지 서러움 토하고
푸른 솔잎 수북이 쌓였던 눈
세차게 몰아치는 칼바람에
흩날리어 흔적만 남았구나

손가락은 꼬물꼬물 춤추고
발가락 꾸물꾸물 장단 치니
콧잔등 콧물은 화음을 넣고
고뿔에 추임새 아름답구나

자연의 섭리에 순응 하노니
멈출 수 없는 시간의 흐름은
새하얀 여백에 그릴 수 없는
피고 지는 순백에 여인 일세…

슬픈 나무 / 김동철

푸르름을 멋으로
다산에 잉태를 품었던
수많은 나무
소슬진 바람에
사시나무 떨림 속에….

외로운 영혼
자유로운 영혼이 되어
허공을 휘감아 맴도는 구나

핏기없는 껍질은
봄, 여름, 가을 주고 남은
모태의 산 주름만 푸석푸석 하여
만지면 부서질까
조급한 마음 뿐이네 .

고즈넉한 새벽
울려 퍼지는 성종의 맑은 소리
산 아래 잔잔히 메아리 되어 울리니
산고의 고통만큼 나이테는 늘어만 가네 .

그대 영혼 / 김동철

내 품에 들려오는
작은 선율 속에
윙윙 바람 스쳐 가고
향긋한 꽃향기 젖어
꽃잎의 몸짓으로
허공을 날아 춤추며 ...

떨어질 듯
반짝이는 별빛의 아름다움
적막한 밤하늘 빛 밝히면
꽃잎은 떨어져 흩날리고
달님은 살며시 다가와
사랑을 속삭일 때

까만 밤 빛나는 별처럼
내 가슴에 스며든 그림자
새털처럼 날아 올라
그대 영혼 맞잡으리 ...

시인 **김옥자**

· 강원 춘천 출신
· 2011 대한문학세계 시 부문 등단
· (사)창작문학예술인협의회 회원

· 2011년 전국 시인대회 은상
· 2011년 신인 문학상
· 2012,14년 명인명시 특선시인선 선정
· 2012년 올해의 시인상 수상
· 2013년 시낭송 전국대회 장려상
· 2014년 순 우리말 글짓기 공모 장려상

· 2017년 인제 만해 한용운 문학제 심사 위원
· 2018년 작가와 문학 사화집 출간
· 저서 "행복을 떨어 트리지 말아요"

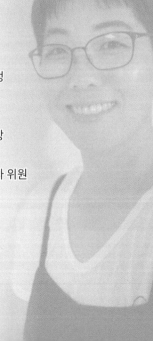

시드는 꽃 보며 / 김옥자

고독하지 말아라
다시 올 시간 멀어도
널 기억할게

꽃잎 떨어진 자리에
내 마음같이 따라가
잠 잘게

보고 싶으면
사진을 꺼내어 볼게

나도 이렇게 혼자
걸어가는데
날 보러 와야지

그리워서 / 김옥자

눈이 오면
그리움은 더 짙어지는지

이름만 생각해도
보고 싶고
가슴 떨리고

스쳐 지나갔던
기억만으로도 부끄럽고
아련해지는지

어딘가에서
잘 살고 있는 건지
나 같은 그리움을 가슴에
두고 사는지

눈이 내리면
그날 그곳에서 기다리고
있을 것 같아

가보고 싶어 하는지
나이 들어가는
세월의 무게는 감당이 안 되는지

사랑이 맞나 봐 / 김옥자

그대의 목소리
귓가에서 들려온다

고독한 어둠 속에서
환하게 마음에 불을 켜고
잊지 말라는 듯

그대의 목소리
희미하게 멀어져 갈 때
매력적인지

심장을 쿵
건드리고
환한 낮부터 정신을 잃었다

사랑의 전율인가
처음 가져 본
떨림의 기억은 오후의 전부를

심장을 쿵 했던
시간에 머물러
보고 싶었다 사랑이 맞나 봐

봄 사랑 / 김옥자

봄이 주는 사랑
어찌 받습니까

너무 아름답고
향긋해서

두터운 겨울 위에
앉았던 하얀 눈보다

더 촉촉이 스며드는
봄비와 바람

햇살이 퍼트리는 사랑
꽃망울마다 맺힌 그리움

이 상큼한 사랑
스며스며 가슴에서 떠나지 말아요

청춘처럼
내 옆에서 살아요

소주 / 김옥자

사랑이 그렇게
순수하고 맑더라

이 넓은 세상에서
너를 만난 건 행운이고
인연이지

쉬운 것 같지만
쉽지 않은 마음씨는
이슬처럼 맑아 두 눈이 환하다

한 잔
두 잔 목으로 넘어갈 때
두 볼에 꽃이 피면

마음도 뛰쳐 나와
바람을 쐰다

사랑도 그렇게
달 때도 쓸 때도 있듯이
너도 그렇다

옹달샘처럼
투명한 한 방울이
하루를 쓰다듬을 때

가슴은 긴 하루도
재우고
내일을 만난다

사랑해서 / 김옥자

나에게 너는 하나
내 가슴 안에 있고
너만 알고 사는 바보란다

너를 알고
너를 사랑하고
너를 가슴에 두고
어쩌다 부르는 이름도 너뿐이라서

좋다
사랑하는 사이라서
더 좋다

사랑은 / 김옥자

사랑은
혼자 두지 말아요
외로움에 지쳐 울어요

사랑은
기쁨이어야 해요
슬픈 건 사랑이 아니에요

사랑은
같이 보고 느끼고
이름 부를 때 답할 수 있는

짧은 거리에 있어야 해요
너무 멀리 있으면
사랑하고 있어도 몰라요

사랑은
꽃처럼 피어 있어야만 해요
꽃이 지면 이별이에요

내가 가진 사랑
그대가 가진 사랑
전부를 주는 것이 사랑이에요

45

시인 **김은숙**

· 화도 평안교회 교육전도사

· 아세아연합신학대학교 신학과

· 강릉원주대학교 유아교육과

· 대한문학세계 시 부문 등단

· 대한문학세계 신인문학상 수상

· (사)창작문학예술인협의회 회원

· 대한문인협회 강원지회 정회원

골고다의 길 / 김은숙

온 마음을 다하여 죽기까지 순종했는데
저 채찍질의 고통과 관중들의 조롱과 야유
가시면류관의 찔림과 벌거벗김의 수치심
십자가에서 피와 물을 다 흘려 순종했는데
나를 따르던 자들은 다 어디로 갔는가
죽은 자를 살렸을 때 열광하던 자들
오병이어의 기적을 일으켰을 때
빵과 물고기에 환호하던 자들
나를 왕으로 추대하려고까지 했던
그들은 지금 어디 있는가
왜 아무도 내가 죄가 없는데도
십자가에서 죽어가고 있다고
나를 변호해 주지 않는가
한 명이라도 옆을 지키며 편들어 주지 않는가
아버지까지 잠깐 외면한 시간 속에
내가 가는 이 길이 진정 바른길이란 말입니까
묻고 또 묻고
수없이 반문하며 걸었던 그 길

가시 면류관 / 김은숙

아무도 가시를 좋아하지 않아
다들 영광만 좋아할 뿐이지
그렇지만 가시를 부정하고서는
영광스러운 꽃을 볼 수가 없지
온몸에 칭칭
가시 면류관을 둘러 쓴듯한 너
단단한 가시
찌를 듯이 아픈 가시 속에서
어떻게 저런 곱디고운 색과
부드러움을 간직한 꽃이 필 수 있는지
영광과 함께
고난까지 고스란히 받으며
피어난 너 엉겅퀴꽃이여

진주의 가치 / 김은숙

너의 호의를 함부로 베풀지 말아라
그것을 받기에만 익숙한 자들은
그 호의가 당연한 줄 안다

사람들에게 친절을 베풀어라
그러나 개나 돼지처럼
어리석은 자에게는 주지 말아라

그들은 그 진가를 모르기 때문에
짓밟을뿐더러 도리어 물어뜯기까지 한다

네가 가진 호의
사랑 배려 자비로운 마음
이런 것들은 그 가치를 알며
소중히 여기는 자들에게 줄지니

진주는 그 가치와 진가를
알고 소중히 여기는 자들에게
주어야 비로소 빛이 난다

---

* "거룩한 것을 개에게 주지 말며 너희 진주를 돼지 앞에 던지지 말라" (마 7:6)

사랑엔 거짓이 없나니 / 김은숙

교회 안에서는
무조건 사랑해야지

그렇게 사랑이 없어서야
어찌 믿는 자라 할 수 있겠니

죄인도 사랑하고
죄도 사랑해야 참사랑인 거야
암 죄도 사랑해야지
그래야 진짜 사랑이지

사랑엔 거짓이 없나니
언제 예수님이 죄까지
사랑하라더냐
죄를 회개하라고 했지

뉘우침 없는 너의 죄를
사랑이라는 거짓된 위선으로 포장하지 말아라!

죄는 사랑하고 의는 도리어 미워하는 게
너희들이 말하는 사랑이더냐
형제 사랑은 말과 혀로만 하는
것이 아니고 행함과 진실함에 있거늘

뒤에서 수군수군하며
입술로는 사랑을 말하지만
속에는 미움이 가득한 게
너희들이 말하는 사랑이더냐
그런 사랑은 누군들 못하겠느냐?

아무 일이나 하나 되길 거부하는 이유 / 김은숙

4백 명의 거짓 선지자들이 모두 다
아합과 여호사밧이 연합해서
싸우면 아람 왕을 이길 거라고 예언하는데
미가야 너 혼자만 질 거라고 하는구나

도무지 연합할 줄도 하나 되지도
못하는 너는 무엇이냐
우리의 하나 됨을 방해하는 너야말로
하나님의 일을 방해하는 훼방꾼이 아니더냐

이럴 땐 다수가 옳은 것이야
그러니 너도 우리랑 하나 되어
적당히 거짓으로 둘러대야
진정한 연합을 아는 주의 일꾼이지

교회의 진정한 목표는 어떻게든
많은 사람을 끌어모아 시끌벅적
채우는 게 우선이지 암 그게 최고지

지금은 일단 수단과 방법을
가리지 않고 교회로 모이게 해야지
왜 너 혼자만 깨끗한 척 잘난 척이냐

너만 아니면 우리가 적당히
죄와 타협해도 문제가 없는데
왜 너는 우리랑 하나 되지 못하는 거냐

그런데 4백 명의 거짓 선지자들아
너희 말만 듣고 전쟁에 나간 아합왕은 어찌 됐더냐
그 전쟁에서 패하고 죽게 되지 않았더냐?

참 선지자는 그 말한 바가
그대로 이루어져야 참 선지자이다
그러니 어찌 너희들의 그 거짓됨에
하나 될 수가 있었겠냐

다시 찾은 나의 노래 / 김은숙

허무함과
절망과
슬픔은 나의 친구였었지

어느 날 내 삶에
밝은 빛이 들어왔고
친구들은 떠나가 버렸네

이제는 슬픔과 외로움을
노래할 수가 없어서
시(詩)를 버렸지

그러나 이제 다시 시를 찾네
내가 노래할 것은
감사와 기쁨
전진과 승리
용기와 정의
이것이 나의 노래이고
새롭게 찾은 정체성
나의 노래도 시가 될 수 있다네

나의 그릇 / 김은숙

사랑과
이해와 용서
친절과 베풂
지혜와 용기
덕을 베푸는 덕성을
담는 마음의 그릇은
점점 커지게 하소서

교만과
이기심
미움과 다툼
시기와 질투를 담는
마음의 그릇은
점점 작아지게 하소서

시인 **김이진**

♣ 목차

· 시인 / 시낭송가 / 마라토너
· 저서 : 수채화로 물들인 사랑
· 한울 문학 시 부문으로 등단(2005)
· 한울 문학언론인 문인협회 정회원
· 한국문인협회 정회원
· 한국문인협회 영월지부 부회장
· 대한문인협회 정회원
· 대한문인협회 강원지회장(전)
· 유니세프한국위원회 정회원
· 사랑의 장기기증운동본부 정회원
· 한국문화 예술인 금상
· 한국문학 올해의 작가상
· 2002년 부산 아시안 게임 성화 봉송 주자(제287-4호)
· 조선일보 춘천 국제마라톤 10회 완주기념 명예의 전당패 수상(2013)

기억 / 김이진

이 세상
어딘가에
나를 기억해주는
사람이 있다는 것
그것은 아름다운 선물이며 축복이다

김이진
너 삶을
참 잘 살았나보다

하루를 여는 아침
아름다운 언어들이
입안에서 싱그러운 비명을 지른다.

자유 / 김이진

세상은
온통 초록 물결이다
오월의 향기 바람이
왈츠를 추는 행복한 주일 오후

목선을 타고
흐르는 굵은 땀방울이
멋진 남자의 가슴을 훔칠 때
혈관을 타고 뜨거운 전율이 흐른다

물
한 모금
목젖을 적신다

남자는
거친 숨 몰아쉬며
마라톤화에 몸을 맡기고
자유로운 영혼이 꿈꾸는
세상 속으로 여행을 떠난다.

내 마음의 풍경 / 김이진

창밖에 풍경은
순백의 아름다움으로 다가와
그 누군가를 기다리고 있습니다

그 세상처럼
이 세상이 어린아이처럼
맑고 깨끗했으면 좋겠습니다

날마다 맞이하는 아침
오늘 우리에게 주어진 이 시간이
숲속을 거니는 맑음의 숨결이길 기도합니다

겨울로 가는 길
몸통만 남은 앙상한 가로수 앞에서
삶에 지친 영혼들은 잠시 발길을 멈추었습니다

길거리 자판기
종이컵에 담긴 따끈한 커피 한잔이
그들의 가슴을 녹이는 사랑이었으면 좋겠습니다.

꿈을 꿀 수 있다는 것 / 김이진

차가운 베란다
아침을 찾아온 하얀 그리움
머그잔에 담긴 커피 속으로 빠진다

살아 있다는 것
꿈을 꿀 수 있다는 것
신이 주신 아름다운 선물
그것은 사랑이며 축복이다

이젤을 펼치고
수채화 물감을 챙기고
그 위에 투박한 가슴 하나 걸어 놓는다

오늘은
무슨 추억이
가슴 속 화폭에 그려질까

따끈한
커피가
허락도 없이
멋진 남자의
입술을 훔친다.

승무(僧舞) / 김이진

하얀 고깔 속에
감추어진 수줍은 여인

자유로운
영혼을 꿈꾸는 것일까

한 마리
학이 되고 싶음일까

선(線)이 그려내는 몸짓
사뿐 사뿐 하얀 버선발은
굿거리장단에 너울너울 춤을 춘다.

발가락이 사랑에 빠졌다 / 김이진

차가운 바람이
베란다 창을 두드리는 밤

요술냄비는
가스레인지 위에서
맛있게 익어가는 겨울밤을 부른다

거실 방
포근한 담요 속에서
세월을 닮은 발가락들이
감미로운 사랑에 빠졌다

진한 커피내음
노란 속살을 드러낸 군고구마
그녀와 함께 겨울밤을 채색한다.

당신의 아침을 불러봅니다 / 김이진

차가운 베란다 창가에
아메리카노 한잔 걸어놓고
당신의 아침을 불러봅니다

하얀 풍경 속으로
그리움이 기지개를 켜는 아침

산 아래 자리한
어느 기와집 굴뚝에서
몽실몽실 피어오르는 그리움이
아침 속으로 살포시 걸어옵니다

누군가를 기억하고
누군가에게 기억되는
아름다운 사람이고 싶은 아침

자연을 닮은 맑은 숨결
당신의 아침을 불러봅니다
당신의 아침을 사랑합니다.

시인 **박소연**

♣ 목차

· 대한문학세계 시 부문 등단

· 대한문인협회 강원지회 정회원

· (사)창작문학예술인협회 회원

· 2017 한국문학 향토문학상 수상

· 시 자연에 걸리다 시화 참여

· 2018 한양문화예술대전 시화전입선

· 인천역사 시화전 선정

산수유꽃 닮은 당신 / 박소연

당신은 봄으로부터
내게 오셨습니다

갈래갈래 노란 꽃 순 끼고
당신은 내게 오셨습니다

한 자락의 화사한 순결이
당신을 닮으셨습니다

비치는 햇살에 별을 품고
옹기종기 모여 반짝이며

고결하고 숭고한 당신은

그렇게
그렇게
내게 오셨습니다

당신은 내게 영원한 사랑입니다

눈물을 감춘 사연 / 박소연

하늘도 슬픔을 감췄다
온 대지도 메말라 갈기갈기 찢겨

이 내 슬픔은 어찌할꼬

네 슬픔이 곧 나의 눈물이요
내 마음도 그대 아픔이요

그대 슬픔 삭히지 말고
한 자락 내려놓고 펑펑 우소서

내 그대 마음 담아 드리니
부디 아파하지 마소서

치자꽃 향기 / 박소연

초록 향기에
하얀 미소로 드러낸

고운 숨결로
적시는 아름다운
여인의 향기

비록
그늘이지만 마음마저
하얗게 빛을 내고

질 땐
노란 마음으로
고요히 지누나

슬퍼 마라
그대의 향기는

내 가슴 속
고이 스며드는
그리움으로 간직하련다

치자꽃
그대의 향기여

당신이란 바다 / 박소연

가슴속 쌓아둔 그리움에
당신이란 바다가
출렁거렸나 봅니다

잠들어가는 해당화는
붉은 열매 꽃으로 맺어

노을 져 가는 태양 아래
부서지는 파도와 함께
꺼져가는 밤

내 고요함에 별 하나 두고
그리움에 머물다 잠듭니다

당신이란 바다는
나에게 그리움 입니다

당신이란 바다는

기다림 / 박소연

밤하늘
손톱달 떠 있는 밤
그대는 보고 계시나요

별빛은
허공을 떠돌며
그대 오기를 기다립니다

스치는 바람결
옷깃에 여미어
그대 향기가 묻어나

들풀도 들꽃도
그대 그리움에
숨죽이며 기다립니다

꿈에라도
그대 오시거든
향기로운 꽃길로 걸어오세요

널 향한 내 마음 / 박소연

평생 나는
너 아니면 안 되는가 봐

내 마음이
자꾸만 너만 바라보고 있어

어디선가 널 보면
내 심장이 두근거릴 거야

밤하늘 구름 속
달빛도, 별빛도

네 그리움에 묻혀
내 사랑이 이슬 맺힌
눈물의 비를 내릴 거야

네 가슴에
내 사랑의 꽃이
아름답게 피우라고

나는
너만 바라보는 바보니까

애틋한 사랑 / 박소연

붉은 노을에 반짝이는
별들을 품에 심어놓고
고결한 숨결로
내 가슴을 출렁거립니다

그대가 바다 위에 있으면
고요한 바람이 불어와
붉은 노을빛으로 조용히 물들여
정열의 꽃을 피웁니다

그대 마음에 내가 있듯이
내 마음에 그대가 있듯이

하늘 아래 서로 다른 공간 속
좁아지는 조각처럼 연결되어
서로 바라보고 있겠지요

그대와 나의 기다림이
애틋한 사랑이기에

시인 **심경숙**

♣ **목차**

· 대한문학세계 신인상

· (현)대한문인협회 정회원

· 시 자연에 걸리다 시화 참여

풍경 같은 마음 / 심경숙

철쭉나무에 풍경을 매달았지요
물고기는 청아함을 품은 채
하늘을 헤엄칩니다

비 오면 촉촉하게 젖은 채
달래는 심신
바람불면 끈을 끊고 싶었겠지요
처절하게 울부짖습니다

바다로 가고 싶다고 땡그랑
심산유곡에 가고 싶다고 땡그랑
애달픈 통곡

세찬 비바람이 몰아치면
떼어 버릴 용기가 없어서
서럽게 흐느끼며
숙명이라 여긴 눈동자만 끔뻑입니다

봄 햇살 / 심경숙

창문 틈으로 햇살이
빼꼼히 인사 왔다
반가워 창문 활짝 여니
오랜 친구처럼 들어온다

향긋한 커피 한잔과
도란도란 이야기 나누자
가슴마저 밝게 움튼다

파릇파릇 움트는 봄
화단 한 귀퉁이
배시시 미소 짓는 꽃봉오리

매달린 풍경
고요했던 나의 뜨락
살며시 머무는 감성까지

구곡 폭포의 겨울 / 심경숙

강촌 문배마을 물길 따라
얼음 밑으로 흐르던 물줄기
까마득한 낭떠러지에 기겁하여
고드름으로 얼어붙었다

구곡폭포 설경되고
빙벽 등반객 사랑받아
내어놓은 등 매달려 아찔해도
신비로워 행인 시선 사로잡는다

햇살 머무는 물줄기는
시원한 폭포수 되어
아홉 굽이 돌고 돌아
구곡계곡을 따라 흐른다

고추꽃 하트 / 심경숙

고추꽃은 밤새 피웠다

누가 볼까 하얗게 떨궈 놓고
예쁜 고추가 하나씩 매달린다

떨어진 고추꽃 주워 모아
줄에 끼워 목걸이 할까
한 움큼 줄지어 놓아 보니
하트 만들어졌는데
바람이 시샘하듯 휙~

채워도 채워지지 않는다

사랑이란
채워도 만족하리만큼
채워지지 않는 거겠지

행복한 여행길 / 심경숙

가을의 흔적을 찾아
정겨운 벗들과 길을 나선다

호젓한 산길
청아한 계곡물 흐르고
바스락 이는 낙엽 소리
가슴속에 채워지는 행복

추위에 움츠린 단풍
쭈그러진 애틋함을
비켜 든 햇살

다갈색 수채화가
신선 올레길을 굴러 내려
걸터앉은 계곡 바위에서
사색에 들고
대롱거리는 감이
익기를 기다리던 까치
반갑게 인사 건넨다

만추를 붙잡아 사진 속에서
정물화를 그렸다.

박주가리 사랑 / 심경숙

은은한 향기에 홀려
둘러보니 서리태 콩밭에서
콩잎과 박주가리 사랑에 빠졌다

핑크빛 뽀얀 꽃
보랏빛 콩 꽃에 반해
엉겨 붙었네

콩 꽃 주인
가여운 맘에 떼어 보지만
며칠 후면 또 기어가
콩에 달라 붙는 박주가리

그리도 좋을까 싶은 마음에
밭 한쪽으로 밀어 놓았다

가을날 열매 맺어
하얀 깃털 홀씨 되어
겨울날 먼 여행길 떠나다

콩꽃 사랑
바람결에 그리움 되어
다시 오려나

매화 아씨 / 심경숙

섬진강 굽이진 길 돌아 백운산자락
돌산이던 척박한 땅에
매화꽃을 피운다

차곡차곡 쌓아놓은 돌담 곁에
수줍은 듯 미소짓는
화사한 춤사위 황홀함에 극치다

매화 아씨 손을 덥석 잡아본 순간
투박한 손마디가 내 가슴 울리고
일꾼의 삶 세월 따라 해진 옷자락
한 땀 한 땀 수놓은 매화꽃 바지

아름답게 살아가는 삶을
닮고 싶은 마음에 그대 곁에 서보니
일꾼처럼 평생을 살다 가신
어머니 보는 듯 가슴이 아린다

산자락마다 홍매화 청매화
살랑살랑 춤을 추니
여행길은 꽃향기에 흠뻑 젖는다

시인 **엄도열**

♣ 목차

· 아호 : 美共(미공)

· 대한문학세계 시 부문 등단 (2011.1)

· (현) 대한문인협회 정회원

· (현) 영월 동강문학회 회원

· 시집 : 인생은 만물상이다

들꽃 / 엄도열

세상 모든 비바람 맞으며
들판에 홀로 피었다

아무도 찾아 주지 않아도
불러주지 않아도

긴 생명의 자생력 태동으로
스스로 몸을 일으켜 세워
꽃을 피우고 향기를 날리니

벌 나비 날아들어
꽃술에 입맞춤하고
꿀 항아리 가득한 향기에
취해 넋을 잃는다

겨울바람 / 엄도열

난
겨울 찬바람에
뺨을 맞았다

바람은 두 볼에
홍매화꽃 한 송이
안겨주고 달아나
버렸다

그리움 / 엄도열

어머니의
젖 내음이 풍겨온다

반 백 년을 함께한
세월의 무게만큼

희끗희끗해진
머리카락 늘어가도

어머니의 사랑은
분홍빛 그리움으로
삐져나온다

가진 게 없다는 말 / 엄도열

사람들은 말한다
가진 게 없다고

살아 가는 동안
눈앞에 보이는 것이
전부 내 것인데
가진 게 없다고 한다

무엇을 얼마나 가져야
직성이 풀릴까
돈이 조금 부족할 뿐
가진 것은 많다

이래도 가진 게 없다고
말할 것인가

모든 것을 물질과 돈으로 환산하기
때문일 것이다

세상 보물을 다 끌어 앉고 사는데
어찌 가진 게 없다고 하는가

지금 내가 가지고 있는 것은
하늘과 땅과 바다와 숲
우주 만물을 가지고 살고 있지
있지 않은가!

가진 게 없다는 것은
마음의 여유가 부족하기 때문일 것이다

풍요로운 마음으로 값진 보물을
차곡차곡 담아보자
귀하고 값진 보물이 될테니

살아 있다는 증거 / 엄도열

하루를
감지하는
뇌의 전파

오감을 자극시키는 미각
오장육부(五臟六腑)의 뒤 틀림

미세한 손가락의 움직임
내 육신은 말을 한다

오늘도 살아 있음을...

초보자 / 엄도열

세상 살면서 초보자 아닌
사람이 어디 있으랴

처음 길을 걸었다
아무도 걷지 않은 인생 길
함께 걸을 수는 있어도
어느 사람도 대신 걸어 줄 수
없는 길

반 백년을 넘게 살아온 인생도
초보자이고 백 년을 사는
사람도 초보자이고
갓 태어난 갓난 아이도 초보자이다

아직 살아 보지 못한 인생을
걸어가며 경험하지 못한
세계를 걸어가고 있기에

봄이 오는 길목 / 엄도열

그대 오시는 길
눈꽃이 피었네요

그래도 온화한 하얀 미소를 담고
내게로 오시네요

곱게 단장한 모습이 어여뻐
내 가슴은 콩닥콩닥

언제 내 곁에 한 발짝 다가설까요

안아주고 싶은데
오시는 그대 발걸음은
더디기만 하네요

당신을 시샘하는 겨울이
아직도 미련이 남았나 봐요

어서 오세요
당신을 기다리는
매화꽃 향기가
마음을 전하고 있어요.

시인 이광범

♣ 목차

· 1959년 9월 7일 (음력) 출생
· 강원도 홍천군 홍천읍 석화로 거주

· 한국문학동인회 2018년 1월 등단
· 지성과 감성 2018년 3월
  바람의 흰 가슴 2인 공동 시집 발간
· 대한문학세계
  2018년 3월 신인문학상 수상

비워지지 않는 너 / 이광범

서쪽 하늘 태양은
땅거미 끌어당겨 세상을 덮는데
내 그림자 사라지지 않았다
달에서 늘어지는 분신과 같은
달그림자
가랑비 중력에 비틀대면 옷자락에 은밀히 스며들 한기
밤이슬 발끝에 차이고
달빛, 비처럼 쏟아져 가슴에 촉촉이 젖어 들었다
호주머니 구겨 넣은 너를 향한 미움은
달무리의 입술 냄새
하얀 바탕의 까만 글씨
쪽지에 박힌 선명한 이별의 씨앗
야심한 바람결에 사각거리는 연정
홀연히 배어나는 휘산과 같은 그리움
휴지통 거꾸로 매달듯 달빛이고 걸어가는 귀갓길에는
오늘도 머리가 달을 향해 흔들거리고 있었다

강, 달 / 이광범

유유히 출렁거리는, 근심 하나 없을 것 같은
그래서 평온함이 흐르는 저 강물은
오늘 잔물결이 눈 속에 들어와 흔들거렸다
호수 같은 하늘에 박힌 달이
언제나 거울처럼 굴어대는데
내게는 강이 거울이었다
밤하늘을 보면
손거울 같은 달 속에 강은 흐르지 않고
밤마다 강물 위에는 달이 쉬이 떠내려간다
어쩌면
내가 강 쪽에 앉아있기 때문이겠지
달 쪽에 누군가 서 있었더라면
지금 달의 얼굴에 강이 그에게 흐를 것이다

벽 / 이광범

껌을 씹다가
껌과 기억이 한곳에 늘어 붙었다
어릴 적 방 벽이 슬그머니 눈앞에 다가오고 있다니
껌 붙일 일이 생겨났기 때문이다
단풍잎은 갈 바람에 비틀대며 맥없이 허공 가르니
적적함이 가슴팍에 착 달라붙는다
이러려고 접시처럼 가슴이 넓적한 것인가
비껴가지 말라고 멍석처럼 넓은가
다 받아 낼 것처럼 욕심을 부려도 되나
나는
저 호젓함을 껌처럼 씹고 있었다
두리번거리며 어디 방 벽을 찾고 있었나

네 마음을 알아 / 이광범

어느 날 호주머니를 흔들다가
전화기 앞 하트모양 이웃돕기 저금통에 동전을 넣었다
혹시나 모를 사용처를 위해
몇 개 그대로 남겨두었는데
다 넣어도 되는 걸 알지만 어쩌면 하는 걱정이란
한발 앞서 웅크리고 있었다
이러한 나를 생각하다가
아마도 나의 아내는
감추는 버릇이 오래전에 일상화되어 있을 거라 여겼다
가끔은 내가 한턱내라 말 할 때마다
빈 지갑만 내어 보이는 당신을 보면서
듬직한 기둥이 곁에 있구나 뭉클거렸다
그럴 것이다
멀지 않은 장래에 금잔디 이불을 덮어주려고 할 것이고
음복하며 원망을 쏟으려고 상석을 봉분 앞에 놓겠지
비석을 세우며 낭군님이네 하고 표식을 남기겠지
값비싼 무인석을 양옆에 세워두고 낮이나 밤이나
숙면을 취하도록 지켜주는 속 깊은 계획을 품었을지도
모른다

사람은 / 이광범

나무는 뿌리를 허공에 박고
지구를 열매처럼 매달고 있다
비와 바람과 번개를 먹고 태양을 삼켰다
수경재배를 보면
물속의 잔뿌리는 수염 같았고 열매가 달린다
내가 만약에 어딘가에 뿌리를 내리고 있다면
그것은 심장
피가 혈관을 솟으며
삶의 온도를 피부에 붉게 그어댄다
육신은 하나의 나무
맘은 주렁주렁 가지에 달리어 영글어가는 과일
하나를 따서 껍질을 벗기면 포근한 사랑
또 하나를 벗기면 뭉클한 한 편의 시
또 하나를 벗기면 샘처럼 흐르는 뜨거운 눈물

마법 같은 변화 / 이광범

한 번쯤 죽는다는 것을 생각해 보았다
마포대교에 자살 소동이 뉴스를 타고 말이 나올 때면
한겨울에 그런 짓을 하지 말았으면 좋겠다
놀라다가
안타까워 가슴 졸인다
다리 난간에 걸려진 절박함을 쳐다보고 있노라면
그 차가운 한강 물에 내 정신이 풍덩 빠져버린다
경계는 난간과 손바닥 사이겠지만
티브이를 뚫어지게 쳐다보다
경계는 화면과 두 눈 사이가 되었다
내가
죽음에 대하여 떨어지다 소름 떨며 체험하는 일이었다
깨달았다
저들이 소란을 피워댈 때마다
죽을 힘을 다한다면 세상에 이루지 못할 일이 없을 거라고
저들이 움켜쥔 손아귀에 마지막 미련을 품고 있다면
구조대원이 얼른 달려가 건져낸다면
또 다른 저들을 보게 될 거라고
나 당장 달려가고 싶었다

그냥 넘어간다 / 이광범

길을 나서려니까
따스한 온수에 발이 씻긴다
봄 처녀 세숫대야를 들고 나타나
잠시 의자에 앉으라 권한다
간밤에 물 데우지는 않았을 터
굴뚝 연기 어두워 보지 못했다
태양이 겨울바람 어물장거리는 사이에
눈치 빠르게 햇살을 더 퍼담은 까닭이었다

괜찮다
겨울은 샅바 싸움에 곧 모래판에 고꾸라질 터이니
걱정할 일은 없다
하루가 다르게 쇠약해지는 낌새를 보이니
호미걸이에 육중한 덩치가 금세 자빠지고야 말겠다

시인 **이기영**

♣ 목차

· 대한문학세계 시 부문 등단

· 대한문인협회 강원지회 지회장

· 한국문학 올해의 시인

· 한국문학 올해의 작가상

· 한국문학 우수작품상

· 한국문학 예술인 금상

· 이달의 시인, 금주의 시 다수 선정

· 한 줄 시 짓기 공모전 동상 수상(2017)

· 순우리말 글짓기 공모전 장려상 수상(2017)

<저서>

· 제1시집 "바다는 한가지 소리만 낸다"

· 제2시집 "아프게 지나간 것들은 다 그리워진다"

그리움에 기대 / 이기영

남쪽 하늘 뭉게구름
한 폭 뜯어 요 삼고
햇살 뜨개질해 홑이불 만든다면
산자락 오두막집
벽 틈 찬바람인들 추울까

메케한 연기
방으로 밀려들고 아랫목 배 깔고
재 속 묻어둔 감자 껍질 벗기면
까만 손 끝

꽃 깔고 앉은 치마
꽃무늬 부끄럽지 않을 너라면

뒤뜰 꽃 피면 말려
처마 끝 고드름
물 떨어지는 소리와
찻잔에 띄우면 꽃 내인들 행복이겠지

추억 / 이기영

연못에 던진 조약돌
연못가까지 끊임없는 동심원

잔잔해질 무렵
밀려들던 물 파장이 그리워
다시 던지는 조약돌

낙화 / 이기영

지는 꽃이
바람을 상여 삼아 날려갈 때
가지 부딪히는 소리는
상여꾼들의 후렴이듯

배웅의 끝에서
남고
떠나고

서리꽃 / 이기영

이른 아침 산자락 하얗게 덧 피었다면

지는 꽃잎 누가 볼까
햇살 속에 버리고
물방울로 맺히는 것도 무거워
아지랑이로 만족했을 거야

한번 반짝이기 위해
한없이 차가워져야 했고

스스로이듯
타의 적이었지만
끝내 흔적도 만들지 않았기에
해가 원망스럽지 않았을 것이다

담았던 누군가 의해
시렸던 가슴도
한 통 전화에 녹을 수 있어서

바람으로 전해주는 들꽃 이야기 / 이기영

들에 피었다고 그리움 없는 건 아니란다
언덕 넘어 하얀 집 창문가
피아노소리 듣다 건반 두드리는 손을 감싼 것은
너의 향을 전해주고 싶었어

하얀 드레스
연두색 구두
풀밭에서 아침이슬 발등 적셨을 때도
꽃 줄기한데 놓아달라 했지

운명이 마련해준 손짓 따라 미라 될지언정
네가 아닌 마음이라도
네가 아닌 육체라도
불어 날아가 어깨 앉으면
향하고픈 소망 정도는 알아주겠지

언덕을 넘지 못해 흔들렸지만
행복하였다 들려 주는 나는
너에게 바람이란다

꽃갈피 / 이기영

당신에게 드릴 시집을 사려
서점에 갔습니다
시 한 편을 골라 꽃잎을 끼워두었습니다
꽃말 통해 알리고 싶었지요

모른다 하셔도 실망하지 않습니다
책 펼치다 꽃향 나긋하게 풍길 때
나를 생각하게 될 테니까요

책꽂이에 꼽힌다 해도
훗날 펼치다 말라 붙은 꽃잎과
갈피했던 시를 읽는다면
기억해주겠지요

해비 그친 뒤 무지개처럼
사랑하는 마음으로도 새롭다는 걸
봉투에 담아 서점에서 나왔습니다

그리움 / 이기영

스케치했던 거리를
색깔을 칠하려
팔레트 칸 칸 담았던 수성 물감
가까울수록 진해지고
멀수록 희미해지는 풍경

물을 타 조절하듯
슬픔도 희석할 수 있기에
시간 모퉁이마다 그렸던 수채화

시인 이미화

♣ 목차

· 강원도 동해 거주

· 대한문학세계 시 부문 등단

· 대한문인협회 정회원

· 금주의 시 선정

· 시 자연에 걸리다 시화 참여

· 인천역사 전시 시화 참여

겨울 여자 / 이미화

깊은 밤 서리에
마음 흔들렸던가
정처 없이 길을 나선다
차가운 바람
뼛속까지 스며 불어도
얼어붙은 계곡은 침묵으로 답할 뿐
그늘 드리운 산기슭
소복이 쌓인 낙엽을
괜스레 밟으니 사각사각 부서지며
햇살 가득한 봄의 길목에
꽃 잔치 열려 준비하니
잊지 말고 찾아오라 초대를 받았다.

존재의 사랑 / 이미화

그네들의 아픈 소리
나의 심장 깊숙이 파고들어
온몸에 전율이 흐르게 한다
봉긋한 어미 젖가슴 그리운 듯
반짝이는 눈망울에 해맑은 미소로
응석을 부리는 그네들의 모습 보노라니
그 아픔 나의 부덕함인 것인가
무너지는 억장 다잡고 다짐을 한다
나의 품 안에 넓은 광야 만들어
아픔도 슬픔도 없는 행복의 뜰 만들어 주리라.

사랑의 열매 / 이미화

당신의 엷은 미소는
얼어붙은 심장을 녹여 주셨습니다
당신의 어색한 몸짓은
굳어있는 얼굴에 미소를 선사해 주셨고
당신의 흔들리는 눈빛은
꽁꽁 걸어 두었던 빗장을 열게 하여
행복이 무엇인지를 깨우쳐 주셨습니다
당신의 은은한 향기는
기쁨의 열매를 맺게 하셨고
당신의 깊은 사랑은 박장대소로
희망의 열매 수확하게 하셨습니다

그림자 한 조각 / 이미화

그대 토양에
뿌리 내리시고
살며시 나의 곁에 오시의
팔베개 내어주시던
그날을 기억하시나요.
그대 낙원 천지
몸 둘 곳 없어 낙엽송에
의지하시느라 힘드셨나요.
그대 온 누리 평온 주시느라
눈가에 주름지는 줄 모르셨군요….

겨울바다 / 이미화

밤바다 어둠 내리니
성난 파도 잠이 들고
별들 살포시 내려앉아
갈매기와 함께 수를 놓는구나
잔잔한 파도에 몸을
맡기고 무엇을 얻으려 함이냐
묻지 않으니 답 할 수 없고
가슴속에 쌓인 그리움 한 조각
침묵으로 답하며 별 사랑 하나 건져
그대에게 보내고 돌아서니 여명이 밝아오네
수평선 끝자락에 떠오르는
붉은 태양 겁 많은 여인
망부석 되어 하염없이 바라보노라.

호숫가의 무희 / 이미화

하얀 눈꽃 송이
너울너울 춤추며 내린다
백옥 같은 날개 활짝 펼치고
수만 리 먼 길 날아온 고니
단아한 모습으로 백설 위에 내려앉아
아름다운 자태로 날갯짓 하며 춤을 추네
지친 몸
고단함 뒤로하고
고뇌에 쌓여 몸부림치는 이들을 위해
백색 장삼 걸쳐 입고
온몸으로 표현하는 무희처럼
호숫가에서 두 팔 벌려 자애로운
미소 듬뿍 담아 사랑으로 반겨 주는구나.

모닥불 연정 / 이미화

맑음의 영혼
영롱한 이슬 머금고
반짝이는 두 눈동자
꽃망울 터지듯
활짝 미소 지은 입술
불씨 톡톡 터질 때마다
이리저리 일렁이는 모닥불
세상을 달관한 듯 화려한 몸짓으로
슬픔을 토해내는 작은 불꽃처럼
세상 속 이치를
판가름하며 벼랑 끝에서
목마름에 사랑을 갈구하는
이들을 관대하게 품어준다.

제목 : 모닥불 연정
시낭송 : 김지원

스마트폰으로 QR 코드를 스캔하면
시낭송을 감상할 수 있습니다.

시인 이수진

· 경북 안동 출신
· 법명(法名) : 다래향(多籁香)
· 문학공간 시인 등단(2016. 4)
<受賞>
· 충주문학과 사행시 장원(2016. 2)
· 부산문화 글판 가작 당선(2016.11)
· 고모령 효 예술제 문학상 (2017. 9)
· 민주평화통일 자문회의 슬로건 공모전 입상(2017)
· 향촌 문학상 시 부문 최우수상 (2017. 8)
· 서래섬 배 백일장 최우수상 (2017. 5)
· 부산문화 글판 가작 당선 (2017. 3)
· 샘터 시조 백일장 채택(2017. 2)
· 민족평화통일자문회의 슬로건 공모전 당선92017.8)
<共著>
· 고려대 봄 학기 엔솔로지(달큰한 감옥) 산길 외2편(2017)
· 고려대 가을 학기 엔솔로지 (틈새에 둥지 튼새) 연주회 밤 외2편(2017)
· 한실문예창작 동인지(그대는 나의 누구인가) (정율스님.외 1편)
· 한실문예창작 동인지(마냥 좋아서) (흩날리다 외1편) (2017)
· 문학의향기 동인지(꽃잎에 시를 쓰다)(어머니 외4편)

목마 / 이수진

나무는 죽어서
또 한 번 생을 불사른다
목수의 손에 이끌려
혼 불어넣고
따스한 피가 도는 한 마리 새

축 늘어진 추억은
세월을 더듬으며
텅 빈 운동장을 달리고 있다

꽃샘바람 불어대는 담장 밖
유년이 수줍게 투정 부리고
다정함이 무릎 굽히고 있다

하늘에 푸르름이 지워지고
잿빛이 뚜벅뚜벅
잃어버린 낙엽의 계절을
지워대고 있다

사그락사그락 갈퀴로 긁어
가득 담아 놓은 상흔이
등에 올라타 먼지 폴폴 날리더니
향수의 봄 속을 걷고 있다.

달팽이크림 / 이수진

이별의 아릿함을
화장으로 숨기고
눈빛마저 태연한 척 외면한다

서성거리던 침묵이
보고픔의 언어 띄우며
가라앉는다

송골송골 맺히던 추억이
하얗게 덧입혀 놓더니
탄피처럼 쏟아진다

연병장에
촉수 곧추세우던
메마른 계절을
느릿느릿 탐닉하고

베레모에 가려진 땀자국으로
끈적끈적 얼룩무늬 그려 놓고

첫 월급으로 품에 안고 온
그리움이 화장대 위에서
입 앙다문 채 거수경례하고 있다.

그리움을 훔치다 / 이수진

그렁거리는 눈빛
잠기지 않는 섬 찾는다

뱃길 따라 항해하던 지난날
설렘으로 노 저으며
또 다른 바닷길 열고 있다

촛불처럼 불태워 밝혀 주고픈
오직 한 사람 위해
간절함으로 수평선에
보고픔 새겨 넣는다

포말에 무게 가늠할 수 없어도
거칠게 흥정하는 추억이
물결 속에 투영되고 있다

언젠가 돌아가야 한다 해도
원초의 탯줄 감은 채
활시위 당기고 있다.

비가 되고 싶다 / 이수진

외로움이 곧추서는 봄
마냥 그렇게 젖고 싶은 날
비가 되고 싶다

감성에 누워
꽃향기 흩날릴 때마다
연둣빛 촉수 세워 놓고
비가 되고 싶다

추억의 눈시울 뜨거워지면
주룩주룩 식혀 가며
그리움 쏟아붓는
비가 되고 싶다

가슴에 걸어 둔
빗장 풀어 가며
그대 곁을 촉촉이 적셔 주는
비가 되고 싶다

보고픔이
나목에 젖어 숲 적시며
계곡으로 흘러갈 때
설렘 세워 두고서
비가 되고 싶다.

외발자전거 / 이수진

갈매기 발자국
그 위로
나그네 발자국
또 그 위로
비웃음의 발자국
쓰윽 지나간다

모래톱 위
겹겹이 쌓아 올린
상흔의 두께가
허공 향해 곧추서며
획 선을 긋고

잃어버린 계절
뿌리조차 내리지 못한 채
떠돌아다녀야 했던
그 아릿함이 가슴에 솟구치고

독백은
긴 침묵 일으켜 세우더니
울분으로 솟구치던
마음 다잡아
깊숙이 묻어 놓는다

눈물은 또 다른 그림자 밟고
그림자는 또 다른 눈물 밟고
눈물은 또 다른 추억 밟고
추억은 또 다른 눈물 밟는다

언젠가는 찾아야 할
뼈아픈 이야기
차가운 모래바람 일으키더니
낯선 촉수 세운다.

춘몽 / 이수진

향기에 혼미해진 산그림자
발걸음 재촉하며 산길 오르니
노을이 내려다본다

계곡의 물줄기에
연둣빛 그리움이
일렁이면

봄바람은
노송의 굽은 가지마다
추억 걸어 놓고

외롭다 읊조리던 시심이
달빛 흩뿌리니

산매화마저
은빛으로 낙화하고

취흥에 젖은 한마디가
흐느적거리며
오솔길 들어서고

별빛은 부끄러운 듯
매화 쓰다듬으며
어둠 잠재우고

숨어 있는 무릉도원이
옛사랑 그려가며
신선인 양 좌정하고 있다.

사랑하기에 / 이수진

가슴속 스며오는
바다 내음마저
향기로이 파도에 띄울래요

한 마리 바닷새 되어
그대 향해 날갯짓 파닥이며
먼 곳까지 쉼 없이 날아갈래요

꽃샘바람에도 미동하지 않고
꽃송이 소롯이 피우며
사랑 그려 넣을래요

그대가 봄이라면
난 햇살 머금은 색채
그리움 곱게 물들여 놓을래요

허리춤에 보고픔 매달고서
산자락 곱게 덧입히며
늘 푸르게 단장할래요

만약 그 이유를 물어온다면
이렇게 말할래요
스삭이는 갈대의 유혹에도
흔들리지 않으려고.

시인 **장계숙**

♣ **목차**

· 대한문학세계 시 부문 등단
· 대한문인협회 강원지회 총무국장
· (사)창작문학예술인협의회 회원

<수상>
· 2016~18 명인명시 특선시인선 선정
· 한국문학 발전상(2015)
· 한국문학 올해의 시인상(2016)
· 한국문학 올해의 작가상 최우수(2017)
· 한 줄 시 공모전 금상(2016)
· 순우리말 글짓기 은상(2016)
· 한 줄 시 공모전 동상(2017)
· 순우리말 글짓기 장려상(2017)
· 대한문인협회 금주의 시 다수 선정
· 대한문인협회 이달의 시인 선정
· 대한문인협회 낭송시 / 우수작 / 좋은 시 선정
· 시집 (보이는 것 너머) 출간

그들처럼 / 장계숙

가던 길 멈추고
나무로 서고 싶다
허둥대며 떠날 일 없으니
운명의 자리에서
한 세월 바라보고 싶다

덩어리로 가득찬 풍경
인간만이 퍼덕인다
헛된 욕망 없이
주어진 자리에 영혼을 꽂아
서로 마주 보며 살고 싶다

풍경 / 장계숙

저 멀리 산봉우리
겹겹이 푸르다
곡류하던 시선의 절규
인간의 영혼을 딛고 선
거대한 무덤 같구나

익명의 얼굴들이 흩어져 누워
뿌리 내려 초록으로 위로한다
덧없는 소멸의 회복
아름다운 영혼의 숲이여

길 위에 올려진 인간의 행렬
끊임없이 개미굴로 향하고
간절한 낙원의 기도 뿐
우린 모두 그곳으로 가고 있다

비석 / 장계숙

바람이여
너무나 아득하여
잊으려 했건만
사시사철
썩지 않는 몸으로 서 있네

꿈이었던가
흔적 없는 날들
어쩌다 바람으로 깨어나
산 자의 입속에서
이름으로 살아있네

값어치 / 장계숙

십 년이
일 년이
한 달이
늘 같은 길이의 하루였네

산다는 건
굴레에 갇힌
꿈꾸는 허상이지

비판도 수정도 필요치 않은
소박한 삶이면
더없이 행복인 것을

욕망 전부를 포섭하고
흐뭇하게 펼쳐본들
이내 사라질 것들
선하고 거룩한 영혼만 할까

괄호 밖(관조) / 장계숙

그들로부터
한 걸음 물러나
갈등과 집착을 버리고
자신 밖의 삶을 투시하는 달관
여유롭고 활발한 영혼이여

탐욕에 북적이는 무리를 넘어
환멸을 뒤집어
삶을 다시 보는
기어이 가고픈 고원
끝없는 장관의 관대함이여

오랫동안 / 장계숙

마음이 몸을 이길 수 없는지
방안 가득 발자국이
산이 되었다

버려 둔 시간에 질식할 것 같아도
마음이 몸을 찌르기 전
절대 죽지 않는다

맘 깊숙이 뿌리 내린 나무들
가끔 꾀꼬리가 날아와
청아한 노래 불러준다면

너무나 오랫동안
꽃 핀 적 없어
앙상한 가지마다 입을 닫았다

행복 / 장계숙

결코 혼자 이룰 수 없는
빛으로 가득찬 시간
모든 조건과
모든 고함을
용케 통과한 웃음이다

나를 에워싼 그들로부터
마음을 얻는 일
고통을 녹이며
악의 유혹을 뿌리치고 얻은
선한 의지의 보상이다

시인 **최남섭**

· 강원도 강릉시 거주

· 대한문학세계시 부문 등단

· (사)창작문학예술인협의회 회원

· 대한문인협회 강원지회 정회원

· 특별초대 시 자연에 걸리다 작품선정

· 인천 역사 시화 작품 선정

· 김삿갓 축제 시화 참여

· (사)한국연예예술총연합회 강릉지회 정회원

홀로 가는 이 밤에 / 최남섭

어둠이 낯선 바람을 동반하고
어느 틈 사이 비집고 들어설 즈음
지침 몸뚱어리 기댈 곳 없어
벽에 기대어 내 몸을 뉘고
지칠 때로 지친 마음마저
바닥으로 내려놓는다

삶의 그림자 영혼은 어디로 갔는지
늘어진 육신 하나 석고처럼 굳어 있다
홀로 가는 생이여
홀로 가는 삶이여
바람처럼 떠돌아 저 하늘 위
별들에게도 가보고
수평선 끝닿은 곳에도 가보련다

어이해 이 밤 홀로 가려 하는지
묻지를 마시게나
어이해 긴긴밤 어둠에 혼자 하려는지
묻지를 마시게나

생은 어차피 혼자인 것을
삶은 바람과 같은 것을….

가을은 / 최남섭

한 남자가 가을을 걷는다
바람에 흔들거리며
걷는 걸음걸음마다 눈물 자국이다

한 여자가 가을 속으로 들어온다
걷는 걸음마다 꽃잎처럼 미소 짓는다

가을은 사랑이다
가을은 아픔이다
그 남자의 눈물 속에
한 여인의 웃음 속에

가을은 꽃잎 속으로 떨어지는 낙엽이다….

아이와 별 / 최남섭

검푸른 어둠의 하늘이 깔리우고
단잠 즐기던 아이들이
눈 비비며 고개를 빼꼼히 내민다

어느새 하늘을 집어 삼키 듯
어둠은 그저 까만색으로 색칠 되어지고
별은 세수를 하고 단장을 하고
밖으로 뛰쳐나와 자랑하듯
저마다의 반짝거림으로 온몸에 불을 밝힌다

그 별빛 아래 서 있는 한 아이
고개가 휘어 지도록 어둠의 하늘을 쳐다 본다
아이는 별들을 부르듯 탄성을 자아내고
별들은 그 아이에게 쏟아져 내릴 듯
빛을 반짝이며 아이의 눈동자에 맺힌다

아이는 속으로 생각한다
나는 저 별에서 왔을 거야
언젠가 나 저 별나라로 갈거야 라고
아이의 맑은 꿈처럼 저 별도 오늘 밤
밝고 맑게 빛날 것이다

별은 아이였을까..

제목 : 아이와 별
시낭송 : 김지원

스마트폰으로 QR 코드를 스캔하면
시낭송을 감상할 수 있습니다.

131

우리 먼 날에 / 최남섭

길고도 짧았던 인생의 종착역
홀연히 왔다가 떠나는 인생길
우리는 무엇으로 왔다가 떠나는가
내 삶과 생은 어디에 두었는지 모른 채
이렇게 바람처럼 떠나간다

생의 모든 것이 멈추었다
험하고 거칠었지만, 가슴 한켠에
따뜻한 그리움 한 움큼 남겨두고
고통을 잊은 채 나 돌아간다

슬퍼 말아라. 그리워 말아라
훗날 우리는 그렇게 만날지니
만남과 이별을 반복하니
또다시 만남이 있지 않겠느냐

왔다가 가는 생이니
머물렀다 가는 삶이니
조금만 아파해라
조금만 눈물짓거라

제목 : 우리 먼 날에
시낭송 : 박영애
스마트폰으로 QR 코드를 스캔하면
시낭송을 감상할 수 있습니다.

우리 먼 날에 다시 만날지니….

뒤늦은 생각 / 최남섭

푸른 바다가 배고팠을까
태양을 삼켜 버렸다
물끄러미 창밖 내다보다
가로등 불빛이 모래사장을
비추고 있는 것을 알았다

난 무얼 하고 있었던가
멍청하게 바라만 보고 있었다
아무런 생각 없이
밀려왔다 떠나가는 파도 또한
내 눈에 들어와 있지 않았다

푸른 바다가 태양을 삼키고
뜨거움을 삼킨 뒤
속이 시커메서야 알았다
그때는 이미 늦었다는걸….

그러길래 / 최남섭

어둠이 노을을 먹었다
토해낸 찌꺼기는 잿빛 구름 한 점
별마저 달마저 집어삼키려는가
시간이 흐를수록 더욱더 짙어지는
어둠의 덩어리
바람이 깨트리고 부수려 덤벼보지만
녀석은 묵묵히 제 할 일을 하듯
아무런 대꾸조차 없다
그러길래 진즉 가슴속
초 하나 켜 둘 것을….

나 보다 더 나를
너 보다 더 너를 / 최남섭

나보다 더 나를 사랑한 사람아
나 이제 데려가다오
너 있는 그곳으로 나를 데려가다오
너의 곁에 이름 없는 들꽃이 되어도 좋으니
너의 곁에 이름 없는 바람이 되어도 좋으니
나 이제 데려가다오

너보다 더 너를 사랑한 사람아
너 내게 오려무나
나 있는 이곳으로 내게 오려무나
나의 곁에 머무르는 구름이 되어도 좋으니
나의 곁에 머무르는 별이 되어도 좋으니
너 이제 내 곁에 오렴 아

나보다 더 나를 사랑했던 사람아
너보다 더 너를 사랑한 사람아..

시인 **황순모**

♣ **목차**

· 강원 원주 거주

· 인천기계공고 졸

· (주)만도 1988년~현재

· 대한문학세계 시 부문 등단

· (사)창작문학예술인협의회 회원

· 대한문인협회 금주의 시 선정

내일의 꿈을 꾼다 / 황순모

바람이 지나는 길을 따라
정처 없는 발걸음을 옮긴다.
몰아치는 비와 눈보라
때론 따스한 남녘 온기로
냉기 가득한 살결을 녹인다.
알록달록 화려함도
요란한 덜컹거림도
아닌 옹기의 소박함이면
아담한 초가지붕의
꿈을 꾸고 그 완성
편안함이면 되겠지라는
작은 소망의 모닥불을 피운다.
알 수 없는 이정표
답답함에 무거워지는
발걸음, 다급한 마음
희미한 눈동자에 허둥대는
그림자가 길어진다.

바람처럼 살고 싶다 / 황순모

지나가며 나뭇가지에
인사하고
그대는 옅은 미소로
내 맘을 설레게 합니다
어디에서 왔을까??
어디서 시작일까!!
산 넘고 들녘 지나
촉촉한 물기 머금고
살포시 생명의 기운을
던져놓아 망울을 틔웁니다
험산 준령 높다 해도
부드러운 미소로 넘나들고
넘어짐에 실망 없이
넓은 가슴 내어주며 길을 걷는다
조그만 어려움에
못난 얼굴 찡그리고
붉으락푸르락 넓은 가슴
부끄러운 내 모습과
오롯이 다르구나
차디찬 마음엔 훈풍의 깊은 사랑
쓸쓸함과 고단함엔
애틋한 토닥임에 고운 손길
내민다
시간과 계절의 흐름마다
고운 향기 아름다운 색깔로
다가서는 바람으로 살고 싶다

추억 줍기 / 황순모

맑고 깨끗하게 바람처럼
소리 없이 내게 왔다
까만 밤 빛나는 총총한 별처럼

설렘과 기쁨의
이어진 시간
솜사탕 달콤함의 나날들

바람이 머무는 언덕마다
추억이 물들고
기억 건너 책장 속 단풍잎
시간은 오롯이 그대로 다

땅거미 질 무렵 절정의
노을처럼
부서지는 파도의 물보라로
그렇게 기억에 머물고 있다

지금 이 순간
내 눈 보이는 그곳에
사랑이 자라고 있었다

갈대의 지혜를 배우다 / 황순모

강가 둔치 새벽 단잠을 즐기는
바람을 깨우는 하늘거림으로
일어선다
그날도 그랬을 거야
오랜 기억 속 자취에
눈을 감고 여유의 눈빛
광활한 마음으로 다가선
아픔을 소리 없이 맞는다
그대 지나온 인고의 시간
유연한 몸으로 비켜서는
흔들림으로 견디고
피어나는 물안개 벗하여 수면을 걷는다
칼바람 겨울,
새봄 희망으로 아름다운 홀씨
날개 비행을 시작하고
하얀 몸부림에 흐느낌,
베인 듯 아려오는 시간이
주위를 맴돌 때면
굽이치는 강물 위에 조각배 사연
전해본다.

자존심 / 황순모

나에게 묻습니다
가는 곳이 어디인지
오늘도 묻고 또 물었습니다
나에게 물었습니다
사는 이유가 있는지를 말입니다
대답은 할 수 없습니다
그냥 그런 거지 위로하며
시간 속에 걸어가고 있으니
말입니다
타인들은 알고 있을까요?
묻고 싶지만 그럴 수 없네요
되물어 볼까 하는 두려움에
자꾸만 신발 끝에 시선을
고정하고 말았습니다

상고대 / 황순모

밤을 지새운 입김과
동서로 넘나드는 바람의 길과
그의 손끝에서 활짝 피었다
높은 골과 낮은 오솔길
구분치 않고 봉긋한 가슴
가녀린 허리 결의 여인처럼
섬세한 붓칠에 탄성을 자아낸다
한겨울 애틋한
연인들의 숨결처럼
때론 남녘 따스한 온기의
밀어도 담았다
영롱한 햇살의 미소로
소중한 보석의 광채는
가히 절정이다
드넓은 자연 화선지에 투영된
바람결의 노래와 향연이
시선을 묶어놓고
못다 한 사랑의 절규도
만나지 못하는 실망도
하얀 백발 주름진 얼굴로
돌아서며 옷깃을 세운다

겨울 풍경 / 황순모

밤새 귓전을 울리던
삭풍이 지고
동녘 먼 산엔 붉은 태양
이른 잠을 깨운다
밤사이 더딘 걸음
제집에 닿지 못한 초승달은
겸연쩍게 미소 짓고
한껏 자신의 존재를
드러냈던 동장군은
저만치 팔짱을 낀 채
기지개 켜는 겨울꽃을 흘겨본다
그림에 채색하듯
사뿐사뿐 눈 위를 걷는
산까치의 발걸음에
놀란 토끼가 함께하자 손짓하며
산 등으로 내어 달리고
담장 넘어 하나둘씩
피어나는 굴뚝의 연기
아침밥을 준비하는
엄니들의 바쁜 손놀림에
모락모락 가족들의
사랑이 익어간다

옹기종기 모여들어
썰매 타던 언덕,
보란 듯 우쭐대며
연 날리던 개울가에
흔들리던 갈대들,
그 아래 추억 속 냇물은
여전히 흐른다
콧등과 빰을 만지는
아침의 바람결에 먼 기억
추억의 앨범을 펼쳐 들고
겨울 아침 길을 나선다

대한문인협회 강원지회 동인문집

내 마음의 풍경

초판 1쇄 : 2018년 4월 30일

지 은 이 : 이기영 외 16인

    곽구비 구분옥 권금주 김동철

    김옥자 김은숙 김이진 박소연

    심경숙 엄도열 이광범 이미화

    이수진 장계숙 최남섭 황순모

엮 은 이 : "대한문인협회" 강원지회

디자인 편집 : 이은희

기 획 : 시음사

인 쇄 : 청룡

연 락 처 : 1899-1341

홈페이지 주소 : www.poemmusic.net

E-Mail : poemarts@hanmail.net

정가 : 10,000원

ISBN : 979-11-6284-010-8